오늘도 잘 살았네

오늘도 잘 살았네

1판 1쇄 발행 2023. 12. 4.
1판 13쇄 발행 2024. 12. 27.

지은이 고은지

발행인 박강휘
편집 구예원 디자인 유향주 홍보 반재서 마케팅 박인지
발행처 김영사
등록 1979년 5월 17일(제406-2003-036호)
주소 경기도 파주시 문발로 197(문발동) 우편번호 10881
전화 마케팅부 031)955-3100, 편집부 031)955-3200 | 팩스 031)955-3111

값은 뒤표지에 있습니다.
ISBN 978-89-349-1732-8 03810

홈페이지 www.gimmyoung.com 블로그 blog.naver.com/gybook
인스타그램 instagram.com/gimmyoung 이메일 bestbook@gimmyoung.com

좋은 독자가 좋은 책을 만듭니다.
김영사는 독자 여러분의 의견에 항상 귀 기울이고 있습니다.

오늘도 잘 살았네

고은지 글·그림

김영사

"나 잘 살고 있나?"
문득 이런 생각이 들 때가 있어요. 바쁘게 산 것 같은데 어쩐지 공허하고, 미래가 불안하게 느껴지고 점점 줄어드는 친구들의 연락에 외로워지기도 해요.

그럴 때 우리는 응원이 필요해요. 잘 살았다고 말해줄 누군가가 필요해요. 무조건적인 내 편이 필요해요. 그게 말랑 폭신한 곰돌이라도 말이에요.

《오늘도 잘 살았네》는 당신을 위해 쓴 책이에요. 잘 살고 있다고, 잘하고 있다고, 잘될 거라고 말해주는 책이에요. 하루 한 장도 좋고 한 번에 200장이나 읽어도 좋아요. 그저 편한 마음으로 다음 장을 넘겨줘요. 꽁달이의 응원을 한 장씩 넘기다 보면 마음이 단단해지고 스스로 응원하는 자신을 발견하게 될 거예요.

걱정 말아요.
당신, 잘 살고 있어요.

고은지

안녕?

난 힐링곰 꽁달이야.

너의 하루에 위로와 용기를 전하러 왔어.

오늘부터 한 걸음씩 널 응원해가자.

따수운 밥 먹은 듯 든든하고 힘이 날 거야.

내가 그 여정에 함께할게.

차례

2

토닥토닥, 오늘도 잘 살았네

3 작은 위로가 널 살릴 거야

4 행복 별거 있나

5 앞으로 더 빛날 너에게

1

내가
너의 편이 될게

오늘도 애썼다

오늘도 애썼어.

졸린 눈 비비고 일어나느라
할 일을 하느라
사람들과 어울리느라
피곤한 와중 밥 챙겨 먹느라
그럼에도 웃음 짓느라

정말 애썼어.

누구나 쉼이 필요해

우리 잠시 쉬어가자.

따수운 차 한 잔 들고
창밖도 보고 하늘도 보며
도란도란 이야기도 하자.

더 오래 가기 위해
더 멀리 가기 위해
그렇게 한 숨 쉬어가자.

내가 채고야

한 살 한 살 먹어갈수록
칭찬 듣기가 어렵지.

내가 스스로 말해주면 돼.
누가 뭐래도
내가 채고야!!

듣고 싶던 말

너에게 필요한 건
다정한 한마디였을 텐데.

그리 듣고 싶던 한마디는
그리 대단한 말은 아니었을 거야.
힘든 감정에 허우적대는 널 구해줄
다정한 한마디가 필요했던 것뿐이지.

"그랬구나."
"많이 힘들었지?"
"곧 나아질 거야."
"괜찮아. 그럴 수 있어."
"내가 이렇게 네 옆에 있을게."

이렇게 다정한 말 한마디가 간절했을 뿐이지.
그것뿐이지.

005

일이 망하지 내가 망하냐~

세상 끝날 것 같고
하늘 무너질 것 같아도
별일 안 일어나더라.

모든 게 무너지고 망한 것 같아도
네가 망하는 건 아니니까.
넌 결국 네 길을 찾아
당당히 나아갈 거니까.

난 늘 내 편

가장 따스한 시선으로 너 자신을 바라봐아.

넌 소중해.

그 무엇보다 더.

징짜 소중해.

세상에서 제일!

007

행복 별거 있나?

행복 별거 있나?

오전에 제일 좋아하는 커피를 사 마실 수 있고
저녁에 좋아하는 취미 하나는 할 수 있고
주말에 맛집과 전시회에 갈 여유가 있고
힘들 때 속 털어놓을 친구가 있고
오늘도 별일 없이 하루를 마무리할 수 있다면
그게 행복이지 뭐.

조금만 기다려.
이렇게 일상에서 행복을 느끼는 너에게
곧 커다란 행복이 찾아갈 테니!

걔 뭐 돼?

누가 널 힘들게 했어?
걔 뭐 돼?

상처받은 네 모습에 나도 그 사람에게 화가 나.
위축되거나 참지 않아도 돼.
너에게 무례한 사람에게 친절하지 않아도 돼.
침착하게 너의 감정과 의견을 이야기해도 돼.

결국 그의 무례함은
스스로에게 돌아갈 거야.
넌 그저 당당해져도 돼.
그래도 돼.

009

날 믿어보는 거야

조건 없이 널 믿어줘.
근거 없이 널 사랑해줘.

너의 인정은 널 자라게 하고
너의 믿음은 널 단단히 하고
너의 사랑은 널 숨 쉬게 할 거야.

010

혼자가 아니야

세상에 네 편이 없는 것 같아도
슬퍼하지 마아.
내가 네 편이 될게.

세상에 네 편이 없는 것 같을 때
아무도 없이 혼자 남겨진 느낌이 들 때

생각해봐. 가장 소중한 존재들을.
떠올려봐. 네가 가장 좋아하는 것들을.
기억해봐. 지금까지 너를 떠나지 않은 존재들을.

곧 넌 혼자가 아님을 알게 될 거야.
그리고 잊지 마. 내가 네 편이라는 걸!

오늘 하루 수고한 너에게 해주고 싶은
응원의 말은 뭐야?

자책하는 일이 있다면 적어보고
한 달 뒤에 다시 읽어보자.
정말 그럴 만한 일이었다면 반성하고,
아니라면 다음엔 후회하지 말기!

011

누군가 널 싫어해도

어느 곳이든 널 경계하고 좋아하지 않는 사람은 있어.
누군가 널 싫어한다는 사실은 참 힘들지.

그런데 있잖아,
그 사람이 널 좋아하지 않는대도 조금도 위축되지 마.
너에게 애정을 두지 않은 사람의 말에 흔들리지 마.
그 사람이 너의 가치를 결정하지 않으니까.
너의 가치는 너만이 결정할 수 있으니까.

012

친구와 함께라면

우리 함께라면 모든 게 쉬워질 거야.

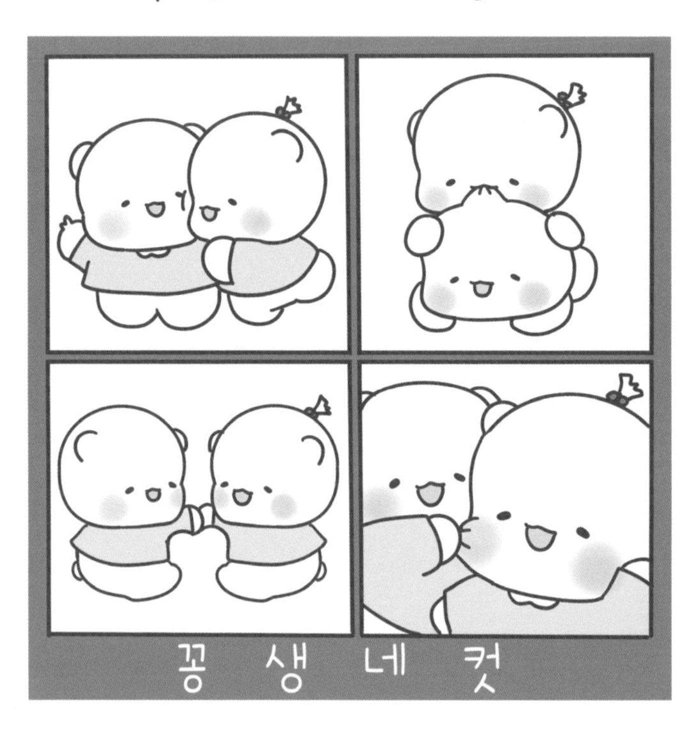

생각과 걱정이 너무 많을 때,
마주한 일이 힘겹게 느껴질 때,
좋아하는 친구 불러 실없는 소리하며 맘껏 웃자.
너 좋아하는 파스타 먹은 다음
네컷사진도 찍으러 가자.

친구와 함께라면 모든 게 쉬워질 거야.
마주하기 힘들었던 일들도 조금은 작아질 거야.
그렇게 될 거야.

013

아직 응애애오

가끔은 응애로 살아도 돼.

응애!

그간 치열하게 살았잖아.
가끔은 응애로 살아도 돼.
어른으로만 있기엔 버거운 삶이야.

가끔은 찡얼거리기도 하고
먹고픈 거 먹고, 보고픈 거 보며
꿈 없이 긴 잠을 자는 것도 필요해.

그렇게 아무 생각 없이, 죄책감 없이
아기처럼 뒹굴거리다 보면
너도 모르는 사이 내일을 살 힘이 날 거야. 응애!

014

서로의 온기가 만나

쉽지 않은 하루 끝에
너의 온기와
나의 온기가 만나
서로에게 따스함이 될 수 있다면
그만큼 행복한 일은 없을 거야.

정말 많이 힘들고
어떤 대처도 소용없다 느껴질 때
누군가 옆에서 온기를 나눠주는 것만으로
힘이 되더라.

무거운 마음의 짐 내려놓고
오늘은 내게 기대 쉬어.
내가 너의 온기가 되어줄게.
한 줄기 따스함이 되어줄게.

015

마음의 소나기

비가 참 많이도 온다.
그치.
넌..
잠깐 나랑 이야기하며
비가 멈추길 기다리자.
어떤 소나기든
반드시 지나가니까.
비 온 뒤의 햇살이 더욱 눈부시듯
네 마음도 아픔 후에 더욱
단단해지고 빛이 날 거야.
정말
이네

마음의 상처는 소나기 같아.
예상치도 못한 때 내리고
아무리 모자를 쓰고 달려보아도 피할 수 없어.

그럴 땐 우리, 작은 우산에 기대어 조금만 쉬자.
지친 어깨를 나에게 기대어 있자.

봐, 널 위한 햇살이 저 구름 뒤에 있어.
어떤 비도 내내 내리지 않듯
네 마음의 상처도 내내 머물지 않을 거야.

016

제자리걸음도 걸음이야

무계획도 계획이고
제자리걸음도 걸음이며
무너짐도 움직임이야.

그간 달려온 너이기에
치열하게 살아온 너이기에
불안해하지 마.
너의 걸음을 의심하지 마.

그동안 너의 모든 걸음은
단 한 걸음도 헛되지 않았어.

017

네잎클로버

행운은 돌고 돌아
결국 네게 올 거야.

네잎클로버 잎이 왜 네 갠 줄 알아?

하나는 이별
하나는 시련
하나는 고통
마지막은 행운

그래서 우리가 네잎클로버를 좋아하나 봐.

018

사람이 다 그런 거지

사람이 어떻게 늘 사랑스러울 수 있어.

못날 때도 힘들 때도 있는 거지.
가끔 찌질해지기도 하고 서투를 때도 있는 거지.
위축된 마음에 동굴로 숨을 수도 있는 거지.
다이어트 다짐한 날 야식 잔뜩 먹고
다음날 다시 결심할 수도 있는 거지.

사람이 다 그런 거지.

019

놀아야 살아

일 안 풀릴 때,
답답할 때,
앞날 막막할 때

음악을 크게 틀고 그저 뛰어봐.
미친 듯이 흔들어 봐아.

네 스트레스
네 무거움
한 움큼, 두 움큼
모두 날아갈 때까지.
기분이 한결 나아질 때까지.

020

어쩌면 너는

어쩌면 너는
아주 어린 시절부터
홀로 불안을 마주하고
견디고
긴장 한번 못 풀고 애써왔구나.
그걸로 충분해.
네 탓이 아냐.
넌 강한 사람이고
앞으로 더 빛날 거야.
오늘도 고생 많았어.
푹 자길 바라.

잔뜩 움츠린 어깨, 꼬리를 무는 생각들.
불안하고, 빠르게 변하는 세상 속에서
긴장하며 사느라 고생 많았지.

널 꽉 조이고 있는 모든 긴장감 풀어도 돼.
괜찮아. 그 긴장 이제는 모두 놓아도 돼.

너의 힘으로 여기까지 왔잖아.
걱정 마. 너 결국 잘될 거야.

마음이 가장 편안한 공간이 있어?
지금 그곳에 있다고 상상해보자.

아무 생각도 하지 않고 5분 동안
누워 있어 보기. 떠오르는 생각들은
마주하지 말고 그저 흘려보내자.
(잔잔한 음악을 틀면 효과는 두 배!)

2

토닥토닥,
오늘도 잘 살았네

021

마음에 비가 올 때

딱히 안 좋은 일이 있는 건 아닌데도
신경 쓰이고, 짜증이 나고, 쉽게 울적해질 때가 이써.
그럴 때 특효약 하나 알려줄게.
바로 떡볶이!
말랑한 떡에 매콤달콤한 양념,
평소엔 잘 먹지 않던 대파마저 맛있지.
떡볶이에 우동 사리, 치즈 추가하고
후식으로 초코 아이스크림 하나도 잊지 마아.

엇! 그러고 보니
너 울적한 마음 다 어디 갔어?

네 탓이 아니야

그런 날이 있어.
왠지 스스로가 맘에 안 들고
쉽게 짜증이 나고
일은 안 풀리는 것 같고
자존감이 바닥을 치는 날.

걱정 마아. 네 탓 아니야.
호르몬 탓이야.
진짜로 일이 안 풀린 탓이야.
그러니 스스로 미워하지 마아.
넌 여전히 용감하고, 귀엽고, 멋찐 으른이니까!

포기하지 마아

난 포기하지 않아. 실수해도 돼.
실수는 실패가 아니니까.
난 결국 잘될 거야.

잠깐! 한번만 더 생각해줘.
당장 좌절하기엔 일러.

버티고 버티고 버텨서
결국 잘될 너잖아.
원하는 걸 이룰 너잖아.

포기하지 마아.
내가 끝까지 응원할게.
그렇게 널 놓지 않을게.

024

좀 이런 날도 있지

어떻게 모든 하루가 행복하겠어.
어떤 하루는 우울하고
어떤 하루는 막막하고
불안하고 힘들 수 있는 거지.

좀 이런 날도 있지. 괜찮아.

잘 도망치기

도망이 꼭 나쁜 것은 아니야.
너의 발은 해로운 것으로부터 도망치기 위해 있거든.

널 존중하지 않는 무례한 사람,
해결하기 버거운 문제들,
모두 지금 당장 직면할 필요는 없어.

우선은 잠시 쉬자. 좋은 곳으로 가서 생각도 정리하고
긴 잠도 자고 건강한 밥도 먹으며 잠깐 피해 있자.

잘 도망치는 것도
삶을 살아내는 좋은 방법이니까.

026

오늘도 잘 살았네

잘 삶 체크리스트

만든 이: 꽁달

춥고 졸린데 출근했는가? ☑

밥은 꼭꼭 챙겨 먹었는가? ☑

(디저트도 먹으면 추가점수) ☑

하루 3번 이상 웃었는가? ☑

꼭 쉴 새 없이 뭔가 해야만 한다는 생각이
우릴 더 괴롭히곤 하지.

하지만 생각해봐.
넌 이미 일도 하고 밥도 챙겨 먹고
하루치 웃음도 채웠는걸?

꼭 무언가 더 하지 않아도 괜찮아.
오늘도 잘 살았어.

027

부정적인 감정이 밀려올 때

무조건 피한다고 해결되지는 않더라.

걱정 마. 억지로 지울 필요 없어.
함께 가면 돼.
달래 가면 돼.
줄여 가면 돼.

그 감정이 꼭 불행으로 이어지는 건 아니니까.
네겐 감정을 다스릴 힘이 있으니까.

028

조급한 마음

잘 안되면 어때.
좀 넘어지면 어때.
내가 좋아하는 걸 할 수 있어서
난 행복한걸!

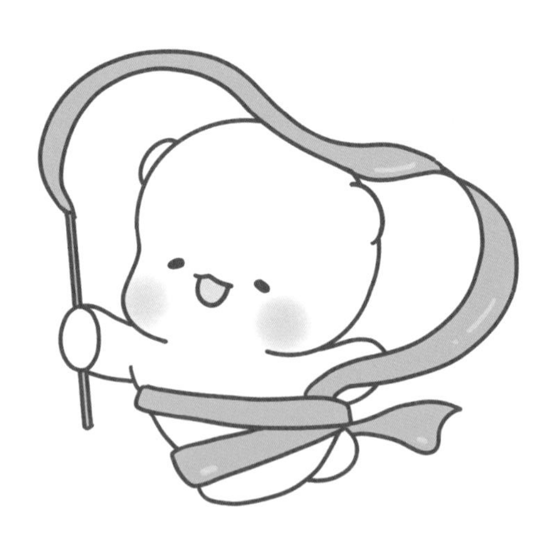

어떻게 늘 잘할 수 있겠어.
가끔은 잘하고 싶은 마음도
애쓰던 마음도 잠시 내려두자.

여기까지 온 너를 봐.
처음엔 그저 꿈꾸던 일이었는데
지금 넌 그 일을 하고 있네.

봐, 너 참 멋진 사람이야.

029

힘 빼고 살자

바싹 긴장하며 살아봤자
치솟는 건 걱정과 승모근뿐.

오늘은 힘 빼고 푹 쉬자.
내일은 덜 불안하고
더 행복할 거야.

마법의 주문

될 대로 돼라~

오히려 좋아~

잘되고 싶고
잘될 것 같았는데
막상 해보니 괜히 시작한 것 같고
잘하고 있는지 확신조차 없어졌지.

그럴 땐 외쳐봐.
"될 대로 돼라. 좀 안되면 어때. 오히려 좋아!"

그리고 걱정 마, 너 잘돼.

널 가장 힘들게 하는 말은 뭐야?
그 말을 한 사람에게 해주고픈 말은?

널 불안하게 하는 일은
“될 대로 돼라” 하고
마음에서 놓아버리기!

031

너 잘 살고 있어

왜 이렇게 시무룩해.
너 오늘도 잘했고, 잘 살았는데.

근거 없는 말이라고,
못 믿겠다고 해도
내가 끝까지 말해줄 거야.

너, 결국 잘될 거라고.

032

우린 완성되어 가는 거야

더 이상 길이 없다면
만들고 찾으면 돼.

포기하지 않는 걸음에
실패라는 단어는 없어.
과정과 완성만 있을 뿐이야.

네 말이 맞아, 네 맘이 맞아

무엇이 정답이겠어
네 마음이 정답이지.

세상이 말하는 정답이 있다 해도
널 가장 잘 아는 사람은 바로 너잖아.

네 말이 맞아.
네 맘이 맞아.

아픈 사랑도, 막막한 일들도
정답을 가장 잘 아는 사람은 너이기에
그 마음을 따라가.
너의 정답은 시간을 거쳐 널 더 행복하게 할 거야.

034

뭔가 힘 나는 말

머리가 지끈지끈
앞날은 걱정되고
울적함이 밀려올 때

맘껏 이야기해. 내가 들어줄게.
외로워 마아. 옆에 있어줄게.
먹고픈 거 말해. 오늘은 내가 낼게.

오늘도 고생했어.

035

너에겐 그럴 만한 일이야

자책도 비난도 말구
지금 느껴지는 감정만 바라봐아.

배신감, 분노, 슬픔, 후회, 불안
어떤 감정이든 괜찮아.

힘들면 힘들다고
아프면 아프다고,
싫으면 싫다고 말해도 괜찮아.
너에게 그럴 만한 일이야.
네가 그렇게 느끼면 그게 맞는 거야.

세상에 잘못된 감정은 없고
넌 잘못되지 않았어.

036

네 손 놓지 않을게

슬픔의 파도가 널 덮칠 때
괜찮아, 끝까지 가보자.
뭐 어때, 바닥까지 가보자.
아픔을 충분히 아파하자.

그래야만 슬픔이 온전히 지나갈 수 있으니까.

깊은 슬픔의 바다 속에서도
너는 방향을 잃지 않을 거야.
어떤 순간이든 네 손 놓지 않을 테니까.

037

꾸준히 단단하게

무엇이든
꾸준함이 힘이야.

잘되는 거 별거 없어.
지금 너의 레벨에서
무리하지 않고
무너지지 않고
할 수 있는 걸 하고 있다면
그게 바로 잘하는 거야.

038

예민해서, 민감해서, 섬세해서 네가 좋아

예민한 만큼 섬세하게 느끼고
작은 용기와 위로도
따뜻하게 받아들이는 네가 좋아.

내 작은 표정도, 스쳐가는 감정도
알아채주는 네가 좋아.

이 큰 지구별에
너라는 사람이 있어 다행이야.
너라는 사람을 만나 다행이야.

039

너의 손 놓지 않을게

많이 힘들 땐 내 온기를 가져가.

너의 손 놓지 않을게.

불안해 마아. 나 여기 있자나.

너의 손 놓지 않을게.
네가 안심할 때까지.

내 온기를 나눌게.
그 따스함이 널 채울 때까지.

하루쯤

하루쯤 행복하지 않을 수도 있지.
그래도 밥은 챙겨 먹어!

하루쯤 행복하지 않아도 돼.
하루쯤 웃지 않아도 돼.
하루쯤 울적한 기분에 사로잡힘 어때.

괜찮아. 오늘 하루도 애썼어.
늦어도 밥은 꼭 챙겨 먹구
의지를 내서 마음의 여유를 내줘.

하루쯤 행복하지 않더라도
내일의 너는 행복해야 하니까.

너만의 힐링 푸드는?

평소에 먹고 싶었지만
바빠서, 여유가 안 돼서
먹지 못했던 메뉴 한 끼 먹기.

3

작은 위로가 널 살릴 거야

041

너랑 있으면

난 왜이럴까
불안
우울해
어쩌지
난 혼자야
힘드러
!
나 와써~

레드콤보에 웨지감자 괜차나?
웅!!!
헤

다 어디갔지 내 울적함..
아까 그래서..
끄덕

참 신기해. 힘든 마음도 너만 보면 다 괜찮아져.
이제 갠차나
에구 그래서 속상해꾸나

참 신기해.

너랑 있음 하나도 안 우울해.

너랑 있음 다 도망가, 불안함.

네 존재에 고마워. 그저 고마워.

042

가까운 관계가 더 아파

그 힘든 시간을 견뎌내 줘서 고마워.

아무리 가까운 사람이라고 해도
가족이라 해도, 연인이라 해도, 절친이라 해도
하나의 인간관계일 뿐이야.

그들이 너에게 상처 낼 자격은 없어.
그들이 너보다 소중하지는 않아.

아픔에 압도되어 중심을 잃지 마아.
가까운 사람이 아무리 소중한들
너 자신이 가장 소중할 뿐이야.

성공적인 이별

잘 헤어졌어.

너만 이해하고
너만 좋아하고
너만 기다리는 연애는
길어질수록 널 아프게 할 뿐이니까.

너의 선택을 후회하지 마.
헤어짐이 아파 네 탓하지 마.
슬픔에 눌려 이 사실을 잊지 마.

넌 존중받을 자격 있고
여전히 좋은 사람이라는 걸.

상처보다 큰 사람

관계에서 오는 두려움이 널 덮칠 때가 있지.
거절당하고, 소외당하고, 억울했던 기억들.
다가가려 노력했고 화해하려 애썼지만 실패했던 경험들.
그 모든 게 널 작아지게 했을지도 몰라.

그런데 있잖아. 상처에 지지 마.
여기까지 온 너는 상처보다 큰 사람이야.

어떤 상황이든 널 좋아하는 사람은
두 발로 너에게 달려가 꽉 안아줄 사람은 반드시 있어.
그러니 한 발엔 용기, 한 발엔 자신감을 신고
앞으로 한 걸음 가자. 넌 할 수 있어.

너무 아픈 사랑도 사랑이지

아픈 사랑도 사랑이지.
그래도 나는 네가 아픈 게 싫어.

이제는 이해받았음 해.
이제는 사랑받았음 해.
이제는 인정받았음 해.

이제는 네가 행복했으면 해.
정말로 그랬으면 해.

오늘 뭐 먹지?

생각이 많을 때는
오늘 뭐 먹을지만 생각하자.

잘 챙겨 먹기만 해도
하루는 너무 바쁘니까.

047

넌 몰라도 난 알지,
네가 얼마나 좋은 사람인지

주저앉은 자존감은
네가 얼마나 좋은 사람인지 잊게 만들지.

근데 난 알아. 티내지 않아도 느껴져.
네가 얼마나 좋은 사람인지.

네가 타인을 바라보는 시선에서
목표를 포기하지 않는 끈기에서
힘든 이를 위로하는 목소리에서

네가 얼마나 좋은 사람인지 선명해져가.

048

행복해도 돼

불행에 익숙해지지 마.
너 행복해도 돼.

행복해도 돼.

정말 그래도 돼.

049

사랑이 두려운 너에게

사랑이 겁날 수 있지.

누군가와 가까워진다는 건
책임감이 따르는 일이니까.

누군가와 교감한다는 건
문제풀이보다 어려운 일이기도 하니까.

그래도 있잖아,
사랑을 겁내지 마아.

네가 용기 내어 다가간 걸음만큼
두려움은 저 멀리 사라지고
행복은 한층 가까워질 거야.

너의 마음이 안녕하길

오늘 하루 어때써?
밥은 잘 먹었구?
누가 핀잔주는 사람은 없었어?
마음 아플 일 없이 하루 잘 보냈기를 바라.

오늘도 고생 많았어.
잘 자, 소중한 사람.

최근 어떤 감정을 가장 자주 느꼈어?
어떤 것이든 알려줘. 내가 듣고 있어.

최근 내게 스트레스였던 것들을
전부 적어보기! 여기 적는 순간
네 마음속에서 점점 날아갈 거야~

051

작은 위로가 널 살릴 거야

괜찮다. 잘했다. 장하다.
너에게 아낌없이 말해줘.

그 작은 응원이
네 숨통을 트이게 하고

그 작은 위로가
널 살릴 거야.

052

괴로움으로부터 잘 도망치는 법

잘 피하자. 괴로움으로부터.

푸욱 쉬자. 더 행복하기 위해.

❶ 셀프 빨래방에서 이불 빨래를 한다.
건조기에서 갓 구워진 이불의 뜨끈함과 뽀송함을
한껏 느끼며 집에 온다.

❷ 친구 소환해서 쇼핑하고 카페에서 수다 떤다.
(단, 일 얘기 금지)

❸ 맘껏 논다. 어디든 간다.
(단, 죄책감 느끼지 않기)

❹ 신세한탄도 하고 맘껏 우울해한다.
(단, 2주 이상은 위험)

❺ 새로운 사람들과 친해져본다.
(단, 힘들면 억지로 연락할 필요는 없음)

❻ 좋아하는 드라마 정주행하며 혼자만의 동굴을 즐긴다.
(단, 필요 시 간식도 맘껏)

걱정 OFF, 행복 ON

별생각이 다 들어도 걱정 마.
별일 안 일어나더라.

무례한 사람 대처법

무례한 사람에게 주눅들 필요 없어.
널 만만히 보는 사람의 눈치 볼 필요도 없어.

불쾌한 말에 웃어주지 말고
무례한 말에 정색해도 괜찮아.
네 마음이 불편하면 그런 거지.

오히려 충분히 거리 두는 게 좋아.
네 마음이 편안해질 때까지.
네가 너다워질 때까지.

아무 말 없어도 편안한 관계

어떤 말도 하지 않아도
어색하지 않은 관계가 좋아.

가만히 앉아서 시간을 보내도
지루하지 않은 관계가 좋아.

웃기지 않아도 웃을 수 있고
감동 주려 하지 않아도 감동받을 수 있고
멀리 있어도 쉽게 멀어지지 않는
그런 관계가 좋아.

그런 네가 좋아.

056

지쳤다는 건 그만큼
애썼다는 이야기 같아서

지친 네 모습에 내 마음도 아파.
지쳤다는 건 그만큼 애썼다는 이야기 같아서.

이제 그 마음 함께 위로해가자.
네가 다시 일어날 수 있을 때까지.

057

너만의 힐링 푸드와 함께

불안할 때는 따스한 티 한 잔,
공허할 때는 시원한 맥주 한 잔.
안주는 치킨!

음식에는 감정을 바꿔줄 힘이 있지.

긴장한 마음을 이완시켜줄 따스한 티.
울적한 기분을 낫게 해줄 매콤달콤 떡볶이.
텅 빈 마음을 위로해주는 시원한 맥주와 치킨.

그럼 너만의 힐링 푸드와 함께
오늘의 기분도 한결 나아지길 바랄게!

058

아프지만 마아

그거 알아?
욕심도 건강해야 나는 거야.
아프면 아무 의욕도 안 생기거든.
그러니까 아프지 말고
건강해서 욕심 좀 내보자.
더 행복해지겠다는 욕심 말야.

있잖아, 난 네가 아프지 않으면 좋겠어.

아프면 몸도 힘들고
외롭고 서럽고
원하는 걸 할 수도 없고
맘 편히 사람도 못 만나고
먹고픈 것도 못 먹자나.

네가 아프지 않으면 좋겠어.
욕심내서 건강하면 좋겠어.
그저 행복하면 좋겠어.

059

있는 그대로의 너

후우
걱정이 많아도

바스락
깜짝
남들보다 예민해도

이러다 늦겠어
조금 느려도 괜찮아.

내가 늘 이 자리에서
널 응원하고 공감할게.

걱정이 많으면 많은 대로
예민하면 예민한 대로
느리면 느린 대로 괜찮아.

너의 있는 모습 그대로가 좋은걸.

술술 풀려라

걱정 마.
다 잘 풀릴 거야.

그동안 애썼잖아.
걱정 내려놓고 푹 쉬어.

잘 놀고 잘 쉬다 보면
모두 술술 풀릴 거야.

지금 가장 하고 싶은 일탈은?

'굳이 이렇게까지 해야 하나'라며
하고 싶지만 지나쳤던 일을 해보기.

(ex. 굳이 바다까지 가서 조개구이 먹고 오기.)

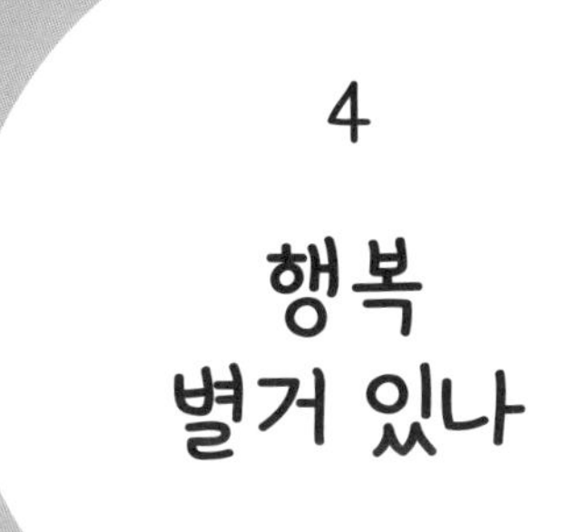

4

행복 별거 있나

나 사용법

나라는 사람을 알아가는 데엔
많은 노력이 필요해.

누군갈 알아가는 데
오랜 시간이 걸리듯

나라는 사람을 알아가는 데에도
많은 노력이 필요해.

무엇을 좋아하는지, 무엇을 싫어하는지
어떨 때 행복한지, 무엇을 바라는지
불쾌하게 하는 상황은 무엇인지
그럴 땐 어떤 대책을 세워야 하는지
많은 공부가 필요해.

이 책을 읽는 넌 이미 시작했네! 멋지다.

062

나는 좋은 사람일까?

좋은 자녀, 좋은 애인, 좋은 친구, 좋은 직원
너에게 보내는 기대에
지금까지 많이 무거웠지?

이제 그 짐 내려놓아.
모두에게 좋은 사람이기 전에
좋은 너로 있으면 돼.

혼자 짐 지지 않아도 돼.
그 짐을 주변과 나눠도 돼.
그래야 오래, 멀리 갈 수 있어.

063

끝까지 갈 사람

생각해보면 벼랑 끝에 몰린 날 붙잡아준 건
언제나 나 자신이었다.

소외되고 좌절되어 마음이 바닥을 칠 때에도
날 떠나지 않은 사람은
다름 아닌 나 자신이었다.

064

아쉬울 땐 아쉬운 대로

후회가 길어지면 자책이 되고
자책이 커지면 우울감이 되어
마음을 무겁게 짓누르지.

잘못한 일이라면 배움의 기회로 삼으면 되고
실패했다면 다시 일어날 기회로 삼으면 돼.

이제 최선을 다한 널 격려해줘.
그렇게 널 일으켜줘.

065

너라는 사람

너를 좀 봐.

불안하지만 걱정하지 않고,
위축되지만 작아지지 않고,
좌절되지만 가라앉지도 않고
이렇게 잘 해내고 있구나.

066

번아웃 극복

아무 걱정 말고 푹 쉬어.

번아웃이 오면

❶ 체력이 떨어지고. 수면이 불규칙해져.

❷ 노는 데 흥미를 잃게 돼.

❸ 취미생활이 재미없어져.

❹ 집이 어질러져도 치우고 싶지 않아.

❺ 사람을 만나기 싫어져.

❻ 일을 할 수 없을 만큼 무기력해져.

불안해하지 마아. 일이 우선이 아니야.

급하게 애쓰지 말고

일에 욕심내지 말고 푹 쉬어.

너의 마음이 회복되길 진심으로 응원할게.

067

잘되면 내 덕, 안되면 세상 탓

잘되면 단순히 운이 좋아서이고
안되면 능력이 부족해서라 생각할 때가 많아.

근데 있잖아, 잘된 건 네 능력과 끈기 덕분이고
안된 건 성공과 경쟁이 일상이 된 세상 탓이지.

안될 때, 힘들 때 세상 탓 좀 해도 돼.
그게 맞을 때가 많거든.

지치지 않는 만큼

힘나는 만큼 해.

긴 걸음을 가도 지치지 않을 만큼.

여유는 남겨놓도록 해.

먼 걸음을 가도 행복할 수 있을 만큼.

불안

과도한 불안은 허상일 뿐이야.
실제로 너에게 어떤 해도 끼칠 수 없어.

예전에는 그렇게 걱정하던 일을
지금은 의연하게 넘기는 너를 봐.
당장 불안한 일도, 어려운 관계도
5년 뒤에 보면 또 별거 아닐 거야.

그니까 미리 너무 걱정 말자.

070

안 되면 될 때까지

뒤처지는 느낌이 든다는 건
네가 무언가 시작했고
포기하지 않았다는 증거잖아.

마음먹었다면, 될 때까지 해보자.
결국 꿈은 이루어질 테니까.

갑자기 불안이 찾아올 때는 언제야?

어떻게 대처하면 좋을까?

하루치 걱정을
저녁에 딱 10분만 몰아서 하기.

071

네 선택을 믿어

무엇을 선택하든 괜찮아.
너만큼은 널 믿고
마음속 깊은 메시지를 따라가.
거기에 답이 있어.

072

힘든 감정에서 벗어나는 좋은 방법

내가 듣고 이써.

첫째, 믿을 만한 사람에게 털어놓기.
둘째, 일기 쓰며 감정을 그대로 직면하기.
셋째, 그저 시간을 가지기.

그런데 만약에 말야
믿을 만한 친구가 없고
일기 쓰기엔 힘이 없고
시간을 가지기엔 당장 많이 힘들면

내게 다 이야기해줘.
밤새 들어줄게.

073

충분히 잘 살아냈어

잘 사는 거 별거 있나?
그저 잘 자고
잘 싸고
잘 챙겨 먹고
내 할 일 하면 되지.

수고한 당신,
오늘도 잘 살았습니다!

074

한 걸음의 용기

이제 시작인걸!
과정 중인 거야
정말 괜찮아
너답게
나라도 그랬을걸?
정말 잘하고 있어
자책하지 마
그럴 수 있지
토닥 토닥
널 믿어줘
기회는 반드시 와
징짜!

걱정 마아. 이제 시작이야.

한 걸음의 용기도 괜찮으니
포기하지 마.
넌 할 수 있어.

075

무거움은 내게 맡겨

20킬로그램 연장을 멘 듯 무거운 어깨
돌덩이처럼 무거운 다리
물에 젖은 듯 아무 힘도 없는 몸.

많이 힘들었지?
정말 고생 많았어.
오늘의 무거움은 이제 내게 맡기고
넌 가벼운 마음으로 푹 잘 자.
내일은 좀 더 나은 하루가 될 거야.

076

최선을 다하고 하늘에 맡겨

치솟는 물가에 마음은 불안하고
월급은 오르지도 않는데
주변을 보면 다들 잘 사는 것 같아.

그래도 최선을 다했잖아.
그럼 된 거지. 나머진 하늘에 맡겨야지.

그래. 너 잘하고 있어.

077

강철 유리멘탈

힘이 세다고 강한 게 아니야.
상처받지 않는다고 강한 게 아니야.

진짜 강함은
자신을 이해하는 데에서 오고
스스로를 이해하는 넌
그 누구보다 강한 사람이야.

078

좋은 하루

넌 나의 좋은 하루야.

좋은 하루 별거 있나.

나쁘지 않은 하루면
그게 좋은 하루지 뭐.
함께할 네가 있으면
그게 좋은 하루지 뭐.

오늘도 좋은 하루 보내!

079

최고의 주연

오랫동안 조연으로 살아왔던 것 같아.
누군가 날 주인공으로 만들어주길 기대하면서..
하지만 앞으로 내 영화는 내가 만들어가고 싶어.
이 영화의 주인공은 나 자신이니까.
꼬옥

누군가의 가장 친한 친구로 만족한다고
누군가의 착한 자녀로 만족한다고
누군가의 괜찮은 애인으로 만족한다고
누군가의 인생의 조연 정도로 괜찮다고 하지 마아.

그 누군가는 네 인생의 조연일 뿐
주연은 너 한 명이니까.

080

쉬는 것도 공부가 필요해

네게 맞는 충전 방법을 알아야
잘 회복할 수 있어.

너의 충전 모드에 대해 공부가 필요해.

혼자 있을 때인지, 함께할 때인지
밖에 나가서인지, 집에서인지
먹어야 하는지, 자야 하는지
언제 한 번씩 쉬어야 하는지도
공부가 필요해.

너만의 모드 속에서
오늘도 잘 쉬기를 바랄게.

오늘 하루를 자유롭게 보낼 수 있다면

어떻게 보내고 싶어?

하늘멍 때리며 뇌 쉬게 하기.
누가 가장 멍 잘 때리나.

5

앞으로 더 빛날 너에게

성장이 없을 때

변화가 없는 상황이 겁날 수 있지.
성장이 없는 상황이 두려울 수 있지.

괜찮아. 당장 나아가지지 않더라도
한 걸음 한 걸음씩 걷다 보면
그 모든 걸음은 널 지지하는 근육이 될 거고
어떤 좌절에도 흔들리지 않을 안정감이 될 거야.

두려워 말고 앞으로 가자.
내가 함께할게.

082

감정의 실타래

널 위해 살자.

다른 누군가를 위해 말고.

가까운 사이라 해도
전부 이해할 필요는 없어.
엉킨 감정의 실타래 속에서
너의 마음이 방치되지 않았음 해.

널 위해 살자. 다른 누군가를 위해 말고.

083

혼자가 아니야

널 우습게 보는 사람에게 웃어주지 마아.
부당함에 맞서 널 표현하길 두려워 마아.
무리가 되는 일은 거절해도 괜찮아.
적당한 거리를 두는 것도 좋은 방법이야.

관계에도 바운더리가 필요하니까.
그래야 네 마음을 지킬 수 있으니까.

084

흔들려도 괜찮아

지진이 났을 때 살아남는 건물은
단단한 건물이 아니라
잘 흔들리는 건물이래.

흔들려도 괜찮아.
좀 무너지면 어때.

다시 일어날 수 있으면 돼.
중요한 건 회복하는 힘이니까.
네겐 그 힘이 있으니까.

뒹굴뒹굴

가끔은 하루 종일 아무것도 안 해도
큰일이 일어나진 않아.

오히려 매일 뭔가를 무리해서 하면
큰일이 날지도 몰라.

오늘은 포근한 이불 안에서 뒹굴뒹굴
편안히 푹 쉬어.

086

원하는 거 다 해

이 시간에 야식 먹음 어떨까?

– 맛있겠지.

할 일 있긴 한데 놀아버림 어떨까?

– 재밌겠지.

지금 자버리면 어떻게 될까?

– 개운하겠지.

무기력하기 쉬운 세상에서
뭔가 하고 싶다는 건 참 좋은 일이야.
그니까 너 하고픈 거 다 해!

마음이 힘든 날

마음이 힘든 날엔
가장 좋아하는 걸 먹고
가장 좋아하는 노래를 들으며
가장 긴 잠을 자봐.

기분이 한결 나아질 거야.

088

존재만으로 잘하는 거야

스스로 작아진 것 같다고 해서
네가 작은 사람인 건 아니야.
잠시 그렇게 느낄 뿐, 넌 괜찮은 사람이야.

뭐든 잘 해내고

답을 척척 내고

좋은 결과를 보이지 않아도

인기가 별로 없어도

인정해주는 사람 없어도

넌 그저 존재만으로 충분해.

089

지나고 보니 지름길

길을 헤맨다고 해서
길을 잃었다는 건 아니야.

혹시 모르지.
잘못 들어온 그 길이
지름길일지도.

얽히고설킨 실조차
네 성공의 모양일지도.

멈추지 마아.
너의 가능성은 무한해.

090

젤루 소듕해

어떤 상황이든 날 믿어주고
이정도면 잘했어.
탁
휴식에 인색하지 않을래.
헤..
애정도 듬뿍 담아 사랑해줄 거야.
살앙해
오늘도 난 나답게 살기로 했어!
젤루
소듕

너 참 소중하다.

너 참 빛난다.

널 많이 아낀다.

너 자신이 가장 마음에 들 때는 언제야?

나의 장점을 생각나는 대로 적어보기.

(ex. 나는 귀여워.)

나아가는 사람

포기하지 마.

넌 할 수 있어.

좌절감에 무너지고
울적함이 밀려올 때

거의 다 왔어. 포기하지 마.

넌 나아가는 사람이니까.
결국 잘될 사람이니까!

092

부정이든 물음표든 느낌표든

진짜 긍정은
있는 그대로를 바라보는 힘이야.

긍정적인 마음은 중요하지만
억지로 늘 괜찮을 필요는 없어.

누군가의 성숙함은
부정적인 감정을 받아들이는 것일 수 있고,
물음표를 던지며 회의감을 느끼는 것일 수 있으며,
느낌표를 가지고 한 발짝 나아가는 것일 수도 있으니까.

부정이든 물음표든 느낌표든 모두 괜찮아.

093

존재 자체로 충분하니까

우린 태어나
숨 쉬고 살아가는 것만으로도
완성된 거야.

세상은 자꾸만 내가 부족한 사람인 듯 느끼게 해.
돈도, 외모도, 사랑도, 관계도, 환경도, 성격마저도
어딘가 부족한 느낌이 들어.

근데 있지,
우린 태어나 숨 쉬고 살아가는 것만으로도 완성된 거야.
무언가 더할 필요 없어.
더 행복해도 돼.
더 존중받아도 돼.
존재 자체로 우린 충분하니까.

허깨비

겁먹지 마.
넌 네 생각보다 강한 사람이고
두려움의 실체는 네 믿음보다 약하니까.

큰 두려움이 널 압도할 때
정면으로 그 앞에 서서 자세히 들여다보면
두려움엔 실체가 없을 때가 많아.

너 자신에게 확신을 가져도 괜찮아.
지금까지 함께해온 나를 믿는다면
두려움은 점점 옅어질 거야.

095

앞으로 더 빛날 너에게

앞으로 얼마나 더 빛날까?
너의 모든 노력을 응원해.

아름답다의 어원

넌 아름다워.

정말 아름다워.

'아름답다'라는 말은
원래 '아람답다'라는 명사인데
'아람'은 '나'라는 뜻을 가지고 있어.

즉 아름답다는 말은
나답다는 말이야.

너 참 아름답다.

097

잘 살고 있다는 근거

너 잘하고 있어.
근거 없는 말이라고,
못 믿겠다고 해도
내가 끝까지 말해줄 거야.
너, 결국 잘될 거라고.

무엇이 근거겠어.

지금 네가 여기 숨쉬고 있는 게 증거지.

이렇게 이 책을 읽고 있는 게 증거지.

이제까지 너의 모든 걸음이

네가 잘 살고 있다는 근거지.

너의 삶에 들어갈 틈

혼자 끙끙 앓지 마아.
네가 힘든 걸 이야기한다고
무언가 잘못되지 않아.
섣불리 판단하지 않아.

너의 삶에 들어갈 틈을 줘.
너의 이야길 들을 기회를 줘.

너와 오래오래 함께하고 싶으니까.
널 정말 많이 아끼니까.

눈부시다

그거 알아?

너 많이 성장한 거.

세상 풍파에도 쓰러지지 않고
남들 시선에도 당당히 서서
이렇게 멋지게 성장했구나.
그 성장통을 딛고 여기까지 왔구나.

눈부시다.

100

마지막으로 들려줄게

좋아해.

사랑해.

아주 많이.

10년 뒤, 20년 뒤, 30년 뒤
네가 어떤 모습이면 좋겠어?

가장 행복한 상상하기.

그게 무엇이든!

딸깍

오늘도 잘 살았네.